너의 이름을 모른다는 건 축복

유홍준 시집

시인동네 시인선 127

유홍준 시집

너의 이름을 모른다는 건 축복

시인동네

시인의 말

제지공장을 지나 정신병원을 지나 북천을 지나
백정의 마을 섭천에 와 있다.

말수도 줄고, 웃음도 줄고, 술도 줄고, 시도 줄었다.

더욱 더 또렷해진 건
내 무서운
눈빛뿐,

2020년 5월
유홍준

차례

시인의 말

제1부

제2부

제3부

제4부

제1부

지평선

지평선 위에 비가 내린다
문자로 새기지 못하는 시절의 눈물을 대신 울며
첨벙첨벙 젖은 알몸을 드러낸 채 간다
나는 지평선에 잡아먹히는 한 마리
짐승…… 어디까지 갈래
어디까지 가서 죽을래?
강물을 삼킨 지평선이 양미간을 조이며 묻는다
낡아빠진 충고와 똑같은 질문은 싫어!
있는 힘을 다해 나는 지평선을 밀어버린다

차력사

돌을 주면
돌을

깼다

쇠를 주면 쇠를 깼다

울면서 깼다 울면서 깼다 소리치면서 깼다

휘발유를 주면 휘발유를
삼켰다

숟가락을 주면 숟가락을 삼켰다

나는 이 세상에 깨러 온 사람, 조일 수 있을 만큼 허리띠를
졸라맸다

사랑도 깼다

사람도 깼다

돌 많은 강가에 나가 나는
깨고
또 깼다

잉어

너의 입속에 혀를 밀어 넣지 못해

잉어는 꼬리에 꼬리를 물고
돈다

물고기에게 지느러미가 달린 이유는
입 밖으로
혀가 내밀어지지 않기 때문

돌 위에 새겨진 잉어
탁본 떠서
들여다본다 너를 잊을 때까지 들여다본다

너의 입속으로 혀를
밀어 넣지 못해

입 밖으로 혀가 내밀어지지 않는 잉어의 눈동자는 동그랗다

대나무 꼭대기에 앉은 새

대나무 꼭대기에 앉은 새가 먼 데를 바라보고 있다

대나무 우듬지가 요렇게 살짝 휘어져 있다

저렇게 조그만 것이 앉아도 휘어지는 것이 있다 저렇게 휘어져도 부러지지 않는 것이 있다

새는 보름달 속에 들어가 있다

머리가 둥글고, 부리가 쫑긋하고, 날개를 다 접은 새다 몸집이 작고 검은 새다
너의 이름을 모른다는 건 축복

창문 앞에 앉아
나는 외톨이가 된 까닭을 생각한다

캄캄하다, 대나무 꼭대기를 거머쥐고 있던 발가락을 펴고 날아가는 새

유골

당신의 집은
무덤과 가깝습니까
요즘은 무슨 약을 먹고 계십니까
무덤에서 무덤으로
산책을 하고 있습니까
저도 웅크리면 무덤, 무덤이 됩니까
무덤 위에 올라가 망(望)을 보았습니까
제상(祭床) 위에 밥을 차려놓고
먹습니까
저는 글을 쓰면 비문(碑文)만 씁니다
저는 글을 읽으면 축문(祝文)만 읽습니다
짐승을 수도 없이 죽인 사람의 눈빛, 그 눈빛으로 읽습니다
무덤 파헤치고
유골 수습하는 사람의 손길은 조심스럽습니다
그는 잘 꿰맞추는 사람이지요
그는 살 없이,
내장 없이, 눈 없이
사람을 완성하는 사람이지요

그는 무덤 속 유골을 끄집어내어 맞추는 사람입니다

저는 그 사람이 맞추어놓은 유골

유골입니다

천령

개오동나무 꽃이 피어 있었다

죽기 살기로 꽃을 피워도 아무도 봐주지 않는 꽃이 피어 있었다

천령 고개 아래 노인은 그 나무 아래 누런 소를 매어놓고 있었다

일평생 매여 있는 사람이 살고 있었다

안 태어나도 될 걸 태어난 사람이 살고 있었다

육손이가 살고 있었다

언청이가 살고 있었다

그 고개 밑에 불구를 자식으로 둔 애비 에미가 살고 있었다

그 자식한테 두들겨 맞으며 사는 사람이 살고 있었다

아무도 봐주지 않는 개오동나무 꽃이

그 고개 아래

안 피어도 될 걸 피어 있었다

살구

저수지 밑
축사에 수의사가 온다
어린 돌배기 송아지에게 다가가 앞발을 묶고
뒷발을 묶고 자빠뜨려 고환을 찾아낸다
어린 송아지 어린 송아지 돌배기 송아지
고환을 잃어버리는 송아지가 지르는 비명을
나는 짧게 듣는다

서둘러 수의사는 떠나고 저수지 밑
축사 주인은 어린 송아지의 고환을 뒤꼍 살구나무 아래 묻
는다
풋살구만 한 고환이다
여물지 않은 고환이다
봄이 오면 살구나무, 울음처럼 애틋한 꽃을 피울 것이다
조그만 열매들을 다닥다닥 맺을 것이다

어린 송아지 고환처럼
조그만 살구

혈거

물을 끓여
물을
녹이는 밤

모든 것과 모든 것이, 얼어터지는 밤

혼자 사는 사람은
추워
다시 잠바를 꺼내 입고
제 털 속에 주둥이를 박고 잠을 청하는 개는 최대한 조그맣
게 웅크려 추위를 견디고 있네

이가 떨리고 치가
떨리는 밤
덜커덩 덜커덩 차단기가 내려가는 밤

갈수록 더할 거라는, 갈수록 더 추워질 거라는

물을 끓여
물을 녹이는 독거의

독거의

긴
밤

눈빛

오래 쓴맛을 본 사람의 눈빛은
무섭다

그 사람의 눈빛과 마주치면 사람들은 얼른, 고개를 돌린다

춥다,

말을 적게 한다는 건 뭘까 말을…… 버리지 않고 제 몸에 쟁
인다는 건 뭘까

겨우내 어떤 사람이 쓰는 말은
채 두 홉도 안 된다

겨울에
말을 많이 하면 내년 봄에 씨앗이 안 난다는 속설이 있다

오늘도 나는 무서운 눈빛을 하고
저 산 밑에까지 갔다가 온다

토막 난 나는, 돌아다닌다

소는 도살된다 소는, 네 토막으로 나뉘어진다 네 토막에서 다시 네 토막, 여덟 토막에서 다시 여덟 토막으로 나뉘어진다 소는 분리된다 소의 발은, 분리된다 소의 등뼈는, 분리된다 소의 머리는, 분리된다

소는 소 밖으로
분리된다

소고기를 뒤집고, 소뼈를 고아 마시고, 후루룩 후루룩 토막 난 나는 돌아다닌다

켄터키 옛집 아이들

달걀이 세상에 처음 나왔을 때는
어리둥절
달걀은 달걀이 아니었을 것이다
달걀은 소극적, 그저 고요히 세상의 소리나 듣고 있었을 것이다

이 눈치 저 눈치를 보며 발을 만들고 부리를 만들고 날개를 만들었을 것이다 그렇게 만들어진 발이고 부리이고 날개여서 저 모양 저 꼴이 되었을 것이다
달걀은 껍데기가 얇아
겁 많은 닭이 되었을 것이다
알을 낳고, 낳고, 또 낳았을 것이다
사람들은 겁 많은 닭이 좋아
알이 좋아
양계를 시작했을 것이다
목을 자르고
발을 자르고
켄터키 치킨을 만들기 시작했을 것이다
켄터키 옛집에 햇빛 비치니

어느 초등학생이 말했다

우리 엄마 아빠는요 맨날 늦구요

나랑 내 동생을 키운 건 팔 할이 켄터키 치킨이에요

샐비어

혼자 사는 사람은 혼자 사는 사람의 것을 내다버립니다
세 식구가 사는 사람은 세 식구의 것을 내다버립니다
혼자 사는 사람도 버릴 것이 있다는 것이
신기해,
음식물쓰레기 통에
혼자 사는 사람은 혼자 사는 사람의 것을 쏟아붓고 중얼거
립니다
당신은 무엇을 쏟아붓고 계십니까?
가슴에 품고 지낸 것을 내다버리고 있습니까
기가 막힌 것들을 쏟아붓고 계십니까 기가 차는 것들을 쏟
아붓고 계십니까?
버리긴 버려야 하는데
어떻게 버려야 할지를 몰라
낡은 오층 아파트 화단에 핀 꽃들은 진저리를 칩니다 제 몸
에 핀 것들이 싫어 진저리를 칩니다
제 몸에 핀 것들을 버리려
진저리를 칩니다

백미러

폐차시킨 트럭의 백미러를 떼어다가 수돗가에 놓아두고 면도를 한다 시골 늙은이, 정성 들여 면도를 해도 수염 한두 올은 늘 그대로 남아 있다 깎이지 않은 목덜미 수염 한두 올, 실은 저런 것이 자꾸만 마음이 쓰이는 것이다 자꾸만 눈길이 가는 것이다 백미러에 비춰보면 어떨 땐 코가 길어져 있고 어떨 땐 인중이 짧아져 있다 개에게 백미러를 비추면 삼십육계 줄행랑, 그런데 사람들은 놀라지도 않는다 천연덕스럽게 백미러를 들여다보고 면도를 한다

코끼리 타고 부곡하와이

인도 코끼리 귀는 인도 지도를 닮았고
아프리카 코끼리 귀는 아프리카 지도를 닮았다네

너풀너풀

부채질이라도 하고 싶은 여름
우리나라에도 코끼리가 있다면 나는 코끼리 타고 무주구천
동엘 갔겠지 부곡하와이엘 가겠지

하늘색 벽화가 그려진 놀이공원
축대 밑
인공정원 그늘 속에서 잊어버릴까 잊어버릴까 자꾸자꾸 제
새끼 냄새를 맡는 코끼리

커다란 토란잎 귀때기로
펄럭펄럭
하나마나한 부채질을 해주는 코끼리

우리나라에도 코끼리가 있다면 나는 코끼리 타고
아이들과 도산서원엘 가겠네 슬리퍼 신고 반바지 입고 야
자수 무늬 티셔츠 입고 해운대엘 가겠네

인도 코끼리 귀는 인도 지도를 닮았고 아프리카 코끼리 귀
는 아프리카 지도를 닮았고 우리나라에도 코끼리가 있다면
아마도 그 귀 우리나라 지도를 닮았을 거네

석등

탑이 무너지지 않는 까닭은
덩어리 위에 덩어리를
얹어놓았기 때문

절이 사라져버린 절터, 석탑의 그림자는 또렷하네 나는 석
탑 아래 오종종 피어난 풀잎들을 다시 한 번 들여다보네
　세상의 어떤 것은 너무 크고
어떤 것은 너무 작네
세상의 어떤 것은 너무 무겁고 어떤 것은 너무 가볍네

어떤 것은 너무 오래 살고 어떤 것은 너무 일찍 죽네
어떤 곳은 너무 오래 남고 어떤 곳은 너무 일찍 사라지네

나는 뭉쳐지고 뭉쳐져서 이 세상에 나온 덩어리,

몸 없이 홀로
고개를 숙이고
내 그림자는 저녁 폐사지 한 바퀴를 도네

가슴속 덩어리가 있는 사람은

무너지면 안 돼,

나를 위해 뭉쳐놓은 말 나를 위해 뭉쳐놓은 노래를 나지막이 불러보네

한숨도 뭉쳐져야 덩어리가 되고

탑이 되는 것

병승아 병승아 왜 죽었니?

술 한 잔 나눈 적 없는 시인에게 나는 물어서는 안 되는 질문을 던지네

아직도 내가 무너지지 않는 까닭은

덩어리 위에

덩어리를 얹고 있기 때문

천도

제(祭) 지낸 음식을 먹으면 운명이 사나워진다는 말
죽음 앞에 놓았던 음식을 먹으면 그 사람의 눈빛이 점점 더
무서워져 사람들이 고개를 돌린다는 말
사실일까?

사천왕상처럼 생긴 내가
천도제 지낸 음식을 앞에 놓고
홀로, 푸른빛 흘러나오는 텔레비전을 본다

천도야
천도야

이제는 안 봐도 되는 뉴스를 아직도 보고 있다

제2부

손

사람이 만지면
새는 그 알을 품지 않는다

내 사는 집 뒤란 화살나무에 지은 새집 속 새알 만져보고 알
았다 남의 여자 탐하는 것보다 더 큰 부정이 있다는 거, 그걸
알았다

더 이상 어미가 품지 않아
썩어가는
알이여

강에서 잡은 물고기들도 그랬다

내 손이 닿으면 뜨거워
부정이 타
비실비실 죽어갔다 허옇게 배를 까뒤집고 부패해갔다

참새

새 중에 제일 예쁜 건 참새, 작아야 돼 오리는 좀 크다 싶고 닭은 좀 무섭다 싶고 참새가 딱 좋아 주먹에 쏙 들어오는 크기, 그게 내가 생각하는 크기, 내가 만만하게 생각하는 크기야 그림 그리는 사람을 만나면 참새나 몇 마리 그려달라고 해야지 나도 이제 낼모레면 노후, 연금으로 살아가는 사람처럼 저 산 밑에 집을 짓고 참새 노는 거나 내다보며 살아야지 조그만 것들이 쪼르르 쪼르르 달려가 무언가를 쪼면 무료(無聊)도 즐거울 거야 무료(無聊)도, 행복할 거야 누가 알아 저 작고 예쁘고 앙증맞은 것 몇 마리를 잡아 구워 먹으면 내가 주먹만 해질지 치매에도 안 걸리게 될지 저 작고 앙증맞고 예쁜 걸 먹었다는 죄책감에 오래 시달리게 될지 그 죄책감 덕분에 도덕군자가 될지 암만 생각해도 새 중에 제일 예쁜 건 참새, 그런데 나 못 간다 참새야 가진 것 없어 못 간다 요새는 네가 사는 시골에도 돈 많아야 간단다

조무래기 박새 떼

선암사 뒤뜰 박새 떼들은 한시도 가만있질 못한다
조무래기들은 다 그렇다 후드득 후드득 몰려다닌다
매화나무에 붙었다 동백나무에 붙었다
떼로 뭉쳐 날아다니는
새들의 이동 소리 제법 크다 생동감이 있다 이 산에서 저것
만큼 활기찬 것도 없다
저것은 오랜만에 이 산을 찾아온 손님을 반기는 축하 퍼레
이드,
무조건 우르르 몰려가 찔레 덤불에 처박히는 소리다
텀블링이다 사철나무 울타리에 처박혀
시누대밭에 처박혀
쩍쩍거리는 선암사 뒤뜰 박새 떼들은
잠시도 가만있질 못한다 하루 종일 장난만 친다
좋다 장난은 좋다
하루 종일 나도 장난만 치고 살았으면 좋겠다

으아리

왼손을 던지면
거기
왼손이 있었다

오른손을 던지면 거기 오른손이 있었다

네 눈빛,
네 눈빛,
네 눈빛,

감출 수 없는 것이 있었다
다 털어놓을 수 없는 것이 있었다
돌아도 돌아도 제자리였다

굴신이 안 돼 굴신이…… 너는 주저앉아 울었다

춤이 안 되면 춤이
될 때까지

비정비팔

비정비팔

너는 네 것을 끌어안고 울었다

너는 네 것을 끌어 모아 뭉치고 울었다

물밥

하얀 매화가 핀 것 같다

간밤에 어머니가 또 한 사발 물밥을 대문간에 엎질러놓으
셨다 저것은 물에 만 밥알들 파란 나물 반찬들……

희고, 푸르고, 선명하다

고양이 한 마리가 조심조심 다가와 주둥이를 대보다 움찔
하고 물러난다

안 먹는다 귀신이 먹던 밥은
짐승도 안 먹는다

기일이 되면 우리 집 대문간에 또 하얀 밥알매화꽃이 핀다

옥천사 흰 눈,

환하다 오장육부가 없다 흰 눈 위의 내 그림자 오늘은 아무 짓도 안 하고 논다 맞배지붕 그림자들 기우뚱 서까래 밖으로 기우뚱 제 무거운 그림자 내놓고 들여다보고 있다 해답을 못 찾고 있다 절에서 키우는 개 한 마리만 卒卒卒 발자국 없는 그림자 하나만 卒卒卒卒 뒤따라 다니고 있다 뒤에 붙어 다니고 있다 그림자란 그렇다 오전엔 왼쪽에 붙었다 오후엔 오른쪽에 붙었다 한다 간에 붙었다 쓸개에 붙었다 한다 뒤적뒤적 동전을 뒤져 커피를 뽑고 적막 위에 쌓인 눈이나 툭, 한번 걷어차 본다 꿜꿜꿜꿜 어디선가 또 산꿩이 운다 이 비탈에서 저 비탈로, 새카만 그림자 하나가 날아간다 절 뒤란 배추밭에 가보니 동글동글 짚으로 묶어놓은 배추, 그림자 없는 쪽 밑동부터 조금씩 조금씩 흰 눈이 녹아내렸다

내 옛집 지붕은 화관을 쓰고

내 옛집 지붕에 이끼가 돋아나 있네
내 옛집 지붕에 망초꽃이 피어나 있네

그 옛날 지붕 위에 서서 꽁지를 까딱거리던 새는 여전히 용
마루 끝에 서서 꽁지를 까딱거리네

지붕 위에 올라가면 누구라도
우쭐한 기분
한 세상 얻은 기분

내 옛집 지붕에
어릴 적 벗어던진 신발 한 짝이 올라가 있네
무명실로 뽑아 던진 앞니 몇 개가 올라가 있네
심지어
내 옛집 지붕에
작고 예쁜 의자가 올라가 있네

내 옛집 지붕에 이제 나만 올라갈 수 없네

달 밝은 밤이면

내 옛집 지붕에 죽은 아버지와 어머니와 형이 잠시 내려와

머물다 가네

엉망진창, 언제 허물어질지 모를 내 옛집 지붕

마지막 화관을 쓰고 버티고 있네

이마 위의 주름을 들여다봄

티베트 사람들 주름살은 티베트 골짜기 같고요
터키 사람들 주름살은 터키 계단 같고요
평생 물고기 잡다 늙은 어부의 이마 위 주름살은
먼 수평선 같구요
대패질로 굵어진 목수의 이마 위 주름살은 반듯,
일격에 퉁겨진 먹줄 같구요 다시 한 번 들여다보아도
잘 그을린 어부의 이마 위 주름살은 멸치 떼 싱싱 몰려다니
는 물너울 같구요
귀 위에 연필 멋지게 꽂은 목수의 주름살은 백년 나뭇결 같
구요
저 땡볕 아래 괭이질하는 농부의 주름살은 고무래질 잘한
밭고랑 같구요

네, 네, 평생 언어와 함께 살아온 시인의
주름살은
잘 쓴 문장 아래 그은 밑줄 같구요
한 점 빈틈없이 완벽한 행갈이 같구요

옥타비오 파스의 주름살도 세사르 바예호의 주름살도 멋지구요

그런데 보톡스 맞는 우리나라 시인들의 주름살은?

모란

고향 흙을 담아
꽃을 심는다

고향 흙은 푸슬푸슬하다
고향 흙은 자꾸만 어딘가로 가려고 한다

내 고향 흙은 마사토, 아무리 뭉쳐도 뭉쳐지지가 않는다

일평생 뭉쳐도
내 마음은
도대체 뭉쳐지지를 않는다

어떤 꽃을 심어도 내 고향 흙은 붉은 꽃만을 피운다

산청
―당나귀

당나귀가 있어 산청에

당나귀 타고 슬슬 산청 언덕이나 돌아다녀 봤으면

당나귀는 귀가 쫑긋해

당나귀는 걸음이 예뻐

살 게 없는데도 살 게 있는 것처럼

볼 일이 없는데도 볼 일이 있는 것처럼

면사무소도 가고 농협에도 가고 만물상회에도 들러

깡소주 놓고 새우깡 놓고 술 마시는 사람들 구경이나 했으
면

농자금 신청하는 사람들이나 바라봤으면

벼랑에 새겨진 각자(刻字) 보러 갔으면

금서에도 가고 생초에도 가고

당나귀가 있어

고사리 피는 산청에

성황당 지나 우물 지나 버드나무 늘어진 산청에

환아(換鵝)야 환아(換鵝)야 거위 줄게 글씨 한 장 써 다오

왕희지처럼 생긴 노인 앞에 지필묵이나 내려놓았으면

피가 나면 피가 멎을 때까지

자주 코피를 쏟았다

책을 읽다가 쏟았고 밥을 먹다가 쏟았다

괜찮다고 했다

아니다 아니다 말을 하면 피가 더 난다

피가 나면 피가 멎을 때까지, 어머니는 말을 하지 말라고 했
다

피가 나면 피가 멎을 때까지…… 말을 하지 말아야 한다

그녀와 헤어졌을 때도, 직장에서 쫓겨났을 때도, 나는 이 방
법을 썼다

피가 나면 피가 멎을 때까지

눈 감고

피 삼키고

가만히 누워 기다리기만 했다

입 안 가득 피가 고이면 꿀꺽, 내 피를 내가 삼키며 누워 있기만 했다

무덤

볕 잘 들고 물 잘 빠지면 명당, 아무 데나 끌어 묻으면 된다 아무 데나, 뽀얗게 서리 내린 봉분에 아침햇살이 내린다 풀덤불에 묻혀 있다가도 벌초를 하고 나면 나타나는 무덤들, 늦가을이면 그 무덤들이 잘 보인다 무덤 없는 언덕은 드물다 무덤 없는 언덕은 산세가 좋지 않은 언덕이다 여기, 무덤 위에 올라가 사람의 마을을 내려다보는 무덤이 있다 조심해야 한다 서리 내린 무덤은, 잘못하다간 쭈르륵 미끄러진다 무덤은 죽지 않고 살아 숨을 쉰다 갈수록 내 표정은 무섭고 내 두 눈은 더 깊다 살아서 이미 유령인 나는 무덤 위에 올라가 인간의 마을을 내려다보는 습관이 있다

싸리나무 설법

산길 갈 때
이파리 다 떨어지고 없는 싸리나무 숲 지날 때
사람이 사람에게 너무 가까이 붙어 갈 때

뺨을 맞는다 채찍을 맞는다 뒤에 선 사람은 앞에 선 사람이
스치고 간 가지에 호되게, 눈물이 찔끔 나게, 나뭇가지 싸대기
를 맞는다

너무 가까이 붙지 마라
뒤에 오는 사람 때리지 마라

선암사 뒤 겨울 조계산이 싸리나무 회초리 일만 개를 숨겨
놓고 설법을 한다

하얀 면장갑

저것을 끼고
나는 운구를 했다

무겁지가 않았다 가볍지가 않았다 아직은 사람인 사람을
들고 갔던 기억

어떤 꽃보다도 희고 어떤 꽃보다도 감촉이 좋았다

아무 말도 안 하고, 검은 줄이 그려진 완장을 차고, 무표정
한 얼굴로 나는 주검을 옮겼다

주검을 옮긴 면장갑을
버리지 않고
집으로 가져왔다

하얀 것에 대해서 나는 설명할 수가 없다 그냥 간직할 뿐이
다 그냥 들여다볼 뿐이다

진주시립화장장에서 나도
하얀 것이 될 때까지

벌레의 눈

무덤에 가면
벌레들

벌레들이 참 많다
무덤에 사는 벌레들은 사방팔방 다 본다

벌레의 눈은
거울이다

(사실은 지독한 근시다)

벌레를 쥐고 벌레의 눈을 들여다볼 땐
벌레같이
나도 고개를 이리저리 갸웃거려야 한다

산청
—세한도

전깃줄에 부딪혀 죽은 까투리

감전사 당한 까투리를 주워 와서

팔팔

물을 끓이고

끓는 물 두어 바가지를 끼얹고

봉두난발 누비바지 입은 두 늙은이 수돗가에 쪼그리고 앉
아 털을 뽑으면서 말한다

　—짐승은 안 있나

본래

죽을 때 딱 한 번만 목욕을 하는 기라 히히히히

판서(板書)

저것은 죽음의 글씨
저것은 죽음의 문장

어떤 손은
매일매일 저곳에 하얀 글씨들을 가득 채우지 않으면 죽는
다 어떤 손은 평생 저곳에 하얀 글씨들을 채워야지만 산다

분필로 쓴 글씨는
씨방이 없는 글씨

아이 하나가 창문 밖으로 손을 내밀고 지우개를 턴다 하얀
글씨였던 것들이 폴폴폴폴 먼지가 되어 날아간다

어느 한 곳에 글씨를 가득 채운다는 건 공포,

하얀 글씨를 받아쓰는 아이들은 모두 머리가 이상해진다
하얀 글씨를 받아쓰지 않는 아이들은 맞아 죽는다

제3부

할미꽃

안감이 꼭 저런 옷이 있었다

안감이 꼭 저렇게 붉은 옷만을 즐겨 입던 사람이 있었다

일흔아홉 살 죽산댁이었다 우리 할머니였다 돌아가신 지
삼십 년 됐다

할머니 무덤가에 앉아 바라보는

앞산마루 바라보며

생각해보는

봄날의 안감은 얼마나 따뜻한 것이냐

봄날의, 이 무덤의 안감은 또 얼마나 깊고 어두운 것이냐

전라도 미용실

먼 수평선을 향해 열려 있다 헝클어진 머리통을 잠시, 미용사에게 맡기고 눈을 감는다 아득하다, 묵직하다, 긴 수평선한 가닥이 내 속눈썹 위에 다가와 얹힌다 지치고 지친 파도하나가 내 옆에 다가와 선다 가위로 물을 자를 수 있을까 가위로, 전라도 미용사는 파도의 머릿결을 자른다 물의 머릿결을 말아 올린다 웨이브 웨이브 세상의 모든 파도는 파마머리다 멀고도 먼 곳에서 달려와 기어코 하는 짓이 겨우 세상의하초나 핥다 죽는 거다 안다 꼬라지만 보고도 다 안다 전라도미용실에 와서 아무 말도 안 하는 파도는 성질이 못된 파도,소금 냄새 조금도 안 나는 파도다 어디선가 본 것 같다고, 안면이 되게 많다고, 반편이 같은 전라도 미용사가 생글생글웃는다 빤하고도 빤한 이력을 부풀려 나도 대답을 해준다 오늘도 바닷물로 머리를 감겨주는 이상한 미용실이 전라도 저편 어딘가에서 성업 중이다

주전자처럼 생긴 새

주전자처럼 생긴 새가 있어

울고 자고 울고 자고

주전자처럼

날지도 못하고 뛰지도 못하는 새가 있어

똥구멍이 주둥이인

새가 있어

주둥이가 똥구멍인 새가 있어

기울이면 기울어져 토하는 새가 있어

먹고 자고 먹고 자고

석 달 열흘

자고 일어나면 일어나 걷어차이는 새가 있어

찌그러뜨리면 찌그러지는 새

내동댕이치면 내동댕이쳐지는 새

주전자처럼

꼭다리뿐인 새가 있어

아버지라 부르던, 주전자처럼

알고올 중독 간경화 배가 볼록한 새가 있어

우명(牛鳴)

진주시 망경동
섭천에 들어와 산 지 삼 년 되었어요

섭천은 형평(衡平), 형평(衡平), 백정들이 살던 마을이에요 소
를 잡던 사람들이
소를 잡던 손을 씻고
피를 씻고
쌀을 씻고
꽃을 심고 살던 마을이에요

오려고 온 게 아니에요 내가 사는 아파트는 진주에서 가장
싼 아파트, 동신아파트가 아니라
등신아파트죠

길을 잃은 소는 밤이 되면 무서워, 무덤으로 간대요
길 잃은 소가 무덤을 찾듯이
나도 이곳엘 찾아왔어요

소를 잡던 이 마을에서 나는 온갖 두려움으로 눈망울을 디룽거리며 되새김질 되새김질

끊임없이

천엽이 생겼어요 당신에게로 가고 싶은 내 무릎뼈는 우슬이에요

자귀나무에 매어놓은 소는 묶인 자리에서 얼마나 뱅글뱅글 돌고 또 돌았던지 자귀나무는 형편없이 망가진 나무가 되었어요

울고 싶어

울고 싶어

진짜로 소가 되어 울고 싶어 중고 트럼펫 하나를 샀죠

울고 싶다와 불고 싶다는 동의어,

그래서 울고불고라는 말이 생겨났죠

그러나 이 아파트 무덤에서는 울고불고가 안 돼요 울고불

고 트럼펫을 불 수가 없어요
　무덤의 소가 밤을 견디듯
　우명(牛鳴)이라는 트럼펫을 앞에 놓고 나는 견디고 있죠

　내가 만약 한밤중 망진산 꼭대기에 올라가 트럼펫을 불면
　牛鳴 牛鳴
　희한하다
　어디서 저렇게 구슬픈 소가 우나, 사람들은 의아해하겠죠

　섭천에 들어와 산 지 삼 년, 기려섭천(騎驢涉川), 기려섭천(騎驢涉川), 내가 소가 되어 건너야 할 강은 어디 있나요 내가 소가 되어 헤엄쳐야 할 삼도천은 어디 있나요

　진국을 고아 드릴까요 당신
　화탕지옥 화탕지옥
　벌써 삼 년째 나는 내 뼈를 우려내고 있어요

　잘못했어요

잘못했어요

오늘밤도 소가 되어 웅크리면
여기는 피눈물 철철 흐르는 무덤

불 수 없는 트럼펫을 내려다보며 섭천의 소가 울고 있어요
웃고 있어요

아직도 나를 더 때리고 싶다면 때려 주세요

누치

오늘도 강에 나가 물고기를 잡았다

길쭉한 물고기였다

비늘이 빽빽하게 붙은 물고기였다

눈알이 죄다 동그란 물고기였다

눈꺼풀이 없는 눈이었다

햇빛을 봐서는 안 되는데 햇빛을 본 눈이었다

아무리 용을 써도 감겨지지 않는 눈이었다

손이 닿으면 금방 흰 자위가 풀어져 죽어가는 물고기였다

누치 떼 속에 잉어가 산다는데 나는 아직 누치 떼 속에 사는
잉어를 보지 못했다

파닥거리는 물고기는

눈을 가리면 얌전해진다는데

나는 아직 파닥거리는 물고기의 눈을 가려보지 못했다

미력

잠자리 한 마리 죽어 빳빳하게 굳어 있다

어릴 때부터 보아왔지만 저 잠자리, 이름을 알지 못한다

가만히 손끝으로 집어 들고 들여다본다

살아 있을 때나 죽어 있을 때나

잠자리 눈은 똑같다

슬픔이 없는 눈이다 기쁨이 없는 눈이다 감겨지지 않는 눈
이다

그냥 커다랗게 붙어 있는 눈이다

죽은 잠자리 날개는 빳빳하다

여기는 접시꽃 흐드러지게 핀 전라남도 보성군 미력면

멀리 떠나온 나는 잠자리처럼

빈집이나 기웃거린다

삐거덕 삐거덕 잘못 산 게 많은데, 무엇을 잘못 살았는지 모
르겠다

테이프는 힘이 세다

이삿짐센터 일꾼들이 도착
사납게 짐을 싼다 농짝을 들어내고 세탁기를 들어내고
여기도 찍, 저기도 찍, 테이프를 갖다 붙인다
냉장고에도 붙이고 장롱에도 붙이고 포개 쌓은 밥그릇에도
붙인다
테이프 붙이러 온 사람들 같다 저 사람들
테이프 없애러 온 사람들 같다
우리나라 이삿짐들은 테이프 없이는 아무 곳으로도 가지
못한다
내 온갖 세간살이들이 꽁꽁 테이프 결박을 당하고 있다
어떤 것은 입에 어떤 것은 손발에
테이프가 붙여져 있다
태풍예보를 듣고
나도 저걸 베란다 유리창에 붙였었다
털옷에 묻은 먼지를 떼어냈었다
방바닥에 뒹구는 머리카락을 찾아냈었다
새 집으로 이삿짐을 옮기자 이삿짐센터 사람들이 좍좍 거
침없이 테이프를 뗀다

여기서도 찍 저기서도 찍

떼어낸 테이프들이 공처럼 똘똘 뭉쳐져 있다

신발 태우는 노인

동구 밖 개울가에서 노인이
신발을 태웠었다
당신이 신던 신발, 당신이 신던 털신을 당신이 태웠었다
생각보다 짙은 연기, 생각보다 검은 연기가 피어올랐었다
한 켤레의 신발에서 쏟아지는
연기는 엄청났었다
바람의 방향에 따라
노인은 이리저리 몸을 옮겼었다
개울가에 나뒹구는 막대기 하나 거머쥐고
불 가운데로 자꾸만 제 신발을 밀어 넣었었다
신발에 붙은 불은 꺼지지 않는다
신발에 붙은 불은 꺼서는 안 된다
불에 녹은 신발 모양으로 노인의 한쪽 뺨이 오그라졌었다
　동구 밖 개울가에, 죽은 사람의 옷가지를 태우던 자리가 남
아 있었다

용접공의 눈

여섯 살이었다

꽃이 좋아 꽃이 예뻐 장독대 옆 맨드라미 꽃밭에 가서 놀았
다

볏 붉은 맨드라미 잡고 흔들어댔다

눈이 부셔

눈이 아파

자꾸만 눈을 비비고 눈을 비볐다

밤 꼴깍 지새우고 병원에 갔다

돋보기 쓴 의사 양반 눈 크게 뜨고

내 눈 속에서 티끌만 한 맨드라미 씨를 찾아냈다

부빈 맨드라미 씨

밤새 부빈 맨드라미 씨

벌써 하얗게 뿌리를 내리고 있다고 했다

내 눈 속에 빨간 꽃을 피우고 있다고 했다

어떤 꽃은 한번 피면 평생 지지 않는다고 했다

다족류

너는 아예
신발이 없다

발이 많으면 어느 발에 어느 신발을 신어야 할지 헷갈리기
때문

신발이란
고작
두 발 짐승이나 신는 것

거추장스럽다고
사는 것도
신발도
모두 다 거추장스럽다고

지네야 그리마야 다족류들아 이렇게 발 많은 내가 천당이
든 지옥이든 어기여차 어기여차 가지 못할 곳이란 없다고

꿈틀꿈틀

꿈틀꿈틀꿈틀

십자드라이버에 관한 보고서

십자드라이버 속에
예수가
들앉아 있네

십자드라이버의
십자 속에
예수가 들앉아 머리를 조아리고 있네

전기 배선공의 손끝에서
보일러 배관공의 손아귀에서

온갖 나사를 풀고 조일 때마다
예수는
제 머리를 깊숙이 박고 뱅글뱅글 돌고 있네

십자드라이버가 없으면 우리는 이제 아무것도 풀지 못해,

끊임없는 아버지의 잔소리가 싫어

아들은

십자드라이버를 휙 던져버리고 집을 나가 버렸단 말씀

그라목손

이제는 발암물질로 분류된

슬레이트 지붕에

오동나무 엷은 그림자 드리워져 있다 조금씩 조금씩 이동

해 가고 있다

생각해서 좋을 거 하나도 없는데

무슨 생각을

저리 깊이 하는지

축담 위에는 신발 한 짝이 엎어져 있다

마셔서는 안 될 것을 마신 사람이 엎어져 있다

묶인 개는 멍하니 서 있고 배고픈 강아지는 벗어놓은 신발

을 싹싹싹 핥고

어디선가 고구마 삶는 냄새가 난다

라면 끓이는 냄새가 난다

천령 외딴집 나무기둥에 박아놓은

못 끝,

이제는 생산조차 금지된 농약 이름 적힌 흰 모자 하나!

고령
―지산동

너는 무덤을 한 바퀴 휘 돌고 온 사람

너는 무덤 속 수의를 꺼내 입고 온 사람

김밥 두 줄에 테이크아웃 커피 하나 사서 들고

딩동, 만 원짜리 지폐 석 장만 밀어 넣으면 죽음의 문이 열
리는

무인시스템 저승모텔에 가서 누웠지

창밖에는 산수유가 피고

머리맡에는 매화가 피고

너는 무덤 앞에 엎드려 실컷 울고 온 사람

너는 무덤 앞에 놓았던 사과 너는 무덤 앞에 놓았던 육포

반은 잘라 무덤에게 주고

반은 잘라

네가 먹고 온 사람

커튼만 내리면 저승이 되는 거기

문만 닫으면 주검이 주검을 안고 울부짖는 거기

무덤 속 무덤엘 다녀왔지

치킨 조립공

나는야 평생 조립공,

통닭을 시켜 먹을 때마다 퍼즐을 맞춰 본다네

이 부품들이 정품인지 아닌지,

날개를 세고 다리를 세고 조각조각 몸통을 세어 본다네

누구보다 완벽하게 조립할 수 있어 나는

평생 조립공

볼트와

너트만 있다면

조각조각 튀긴 저 통닭도 조립할 수 있고

대가리도 없고 발목도 없는

저 닭도 구구구구

깃털도 없고 내장도 없는 저 닭도 푸더더덕

전광판 위로 날아오르게 할 수 있어

나는야 평생 조립공,

저 자동차도 내가 조립했고 저 스마트폰도 내가 조립했고

저 에어컨도 내가 조립했어

심지어는 저 아이들까지도 내가

통닭보다 못한 내가 닭다리보다 못한 내가

제대로 한번 날아보지도 못한 내가

치킨 조립공이

신발을 물고 달리는 개

두 귀를 흩날리며, 앞발을 연신 끌어당기며, 어린 개는 달린다 어린 개는, 달린다

고기 냄새가 나는
신발

고기 냄새가 나는 신발을 물고

신발을 잃어버린 사람은 개를 향해 돌을 집어던지고 나머지 신발 한 짝을 집어던진다

신발이 없으면 어떻게 될까
신발이 없으면

얻어맞으면서도 왜 얻어맞는지 모르는 개는 깨갱깨갱 비명을 지른다 힐끔힐끔 뒤돌아본다

어린 개는 이빨이 돋을 때 가려워

신발을 물어뜯는 버릇이 있다

사람이 신발을 집어 들면 개는 놀라 도망치는 버릇이 생겼
다

창틀 밑 하얀 운동화

생각이 많을 때마다 나는
운동화를 빠네

낙엽을 밟고 오물을 밟고 바닥 밑의 바닥을 밟고 다닌 기
억들아

깨끗이 빨아놓은 운동화 뒤꿈치에는 물이 고이네
생각의 뒤꿈치에는 늘
물이 고여 있네

나는 지금 맨발, 발가락 끝에 슬리퍼 걸치고
축담에 앉아
하얀 운동화나 바라보네

운동화는 고요하고
운동화는 단정하고
많은 말들을 감추고 있네

신발을 씻었는데 손이 왜
깨끗해졌는지,

할 말이 없는데, 할 말이 무엇인지
다 잃어버렸는데
내 생각의 뒤꿈치에는 자꾸만 물이 고이네

생각의 뒤꿈치에 고인 물이 다 말라야 운동화는 제대로 마
른 거라네

외팔이

손을 씻는다는 말도 있지만
손을 턴다는 말도 있다

천령 고개 밑에는 얼마나 손을 씻고
얼마나 손을 털었던지
한쪽 팔이 사라진 사람이 있다

그는 한쪽 손만으로 밥을 짓고 한쪽 손만으로 경운기를 모
는 사람이다 그는 한쪽 손으로 등을 긁다 시원찮으면 문틀에
다 대고 문지르는 버릇이 있다

오늘은 그가 배를 깔고 누워 편지를 쓴다
삐뚤빼뚤 외팔이가 쓴 편지 어디로 보내질 건지 알 수가 없
다 큼지막하다
저 글씨 가시가 돋고 가지가 뻗쳤다

그나저나 종달새야 종달새야 저 외팔이는 어떻게 손톱을
깎니?

제4부

전원

같은 노래를 반복해서 듣는다는 건 뭘까
같은 노래를 반복해서 부른다는 건 뭘까

새들의 노래는 일평생 한 곡
그래서 절창

죽밥

간밤에 당신 꿈을 꾸었는데 너무 죽밥을 했어요

당신이 짓는 밥은 왜
언제나
죽밥인지

나는 아무 말도 안 하고
고개를 숙이고
죽밥을 퍼먹었지요

하얀 사발에 담긴 밥이었어요 본디콩이 드문드문 박힌 밥
이었어요

아무도 가르쳐주지 않았는데 죽보다 죽밥이 더 뜨겁다는
사실을
죽밥을 좋아하면 사는 게 뜨거워진다는 걸
나는 오래전에 알았지요

꿈속에서 죽밥을 먹으면 그리던 사람이 온다는 말이 사실
인 것 같아서

죽밥은 서럽고 죽밥은 아프고 죽밥은 뜨거워

나는 멍하니
그저 멍하니

꼬마전구꽃 필 무렵

단 한 잎 이파리도 없이
그러나 최대한 화려하게
이 교회 저 교회 뜨락마다 핀다
이 식당 저 식당 입구마다 핀다
플러그만 꽂으면 핀다 딸깍, 스위치만 올리면 핀다 딸깍,
이 꽃의 개화 시기는 크리스마스 무렵이다 밤에만 피는 야
화다
더욱 밝고 더욱 환하게
요즘은 더러 산사(山寺) 마당에도 핀다
시청 앞 광장 여기저기에도 핀다
추울수록 화려하게 추울수록 눈부시게
고통 받는 이 세상
더욱 맑고 예쁘게
사명감을 가지고 피는 꽃이다 소명감을 가지고 반짝이는
꽃이다
이 꽃 위에 펄펄 흰 눈이라도 내리면
금상첨화,
꼬마전구꽃 필 무렵이면

이 나라 곳곳마다 술판이 벌어진다

이 나라 모텔 칸칸마다 손님이 든다

줄장미 피는 오월보다 꼬마전구꽃 피는 십이월이 이제 훨씬 더 화려해졌다

머잖아 이 꽃은 국화(國花)로 지정될 것이다

哭의 리듬

흰 봉투 들고 찾아가
절을 하면
哭을 했었다 검은 양복 입은 사람들이
얌전히 두 손을 모으고 내 옆에 서서 哭을 했었다

그 소리가 좋다
나는
우리나라 사람들의 몸속에 저장되어 있는 그 哭의 리듬이
좋다

밥도 장례식장에서 먹는 밥은
맛이 다르다
국물도 장례식장에서 주는 국물은 맛이 다르다
흰 종이그릇에 담아주는 것들은
특별하다

오늘도 나는 흰 봉투 들고 그 소리 들으러 왔다

한 달에 한두 번쯤

부음이 오면 좋겠다

오만 원만 내면 들을 수 있는 그 哭의 리듬, 哭의 리듬을 듣
고 싶다

그런데 요샌 아무도 哭을 안 한다

운동화의 헛바닥

운동화 신고 운동 한 번도 안 했다
여자 만나러 다녔다
술 먹으러 다녔다

세상 모든 운동화엔 거짓말을 못하는 헛바닥이 있다
운동화를 신을 땐 그 헛바닥을 단단히 끌어당겨야 한다

모자는 말 많아도 운동화는 말 많이 하면 안 된다
운동화는 앞을 향해 단정히 놓여 있어야 한다

더러운 운동화
하얗게 빨아
이 집 저 집 갖다 주는 사람은 말이 없게 생겼다

퇴짜를 맞을 땐 맞더라도 무언가를 해야 한다

내일 새벽엔 운동화 신고 인력시장에 나가 보아야겠다

저녁의 연속극

얼굴을 감싸 쥐고

운다 칸나는 붉다 샐비어는 붉다

찢어진 날개로 퍼덕퍼덕 새들이 날아간다 이 저녁 이 저녁

이 저녁이라고

제 아이를 쥐어박으며 옆집 여자가 닦달을 한다

길 건너 슈퍼마켓

플라스틱 의자에 앉아 맥주를 마시던 두 사람이 갑자기

언성을 높이며 싸우기 시작한다 멱살을 움켜쥐고 멱살을 움

켜쥐고

저녁이 오고 말았다고

또 저녁이

오고 말았다고

아무도 반겨주지 않는 저녁이

문을 열어주지 않아서 대문간 담벼락에 붙어 훌쩍훌쩍 울고

있다

인월(引月)

저 소나무 우듬지에
스윽,

배를 찔리며 가는 보름달 보아라

마을의 집이란 집들은 모두 달 가는 쪽으로
창을 냈구나 창을 내어
오래도록 잠 못 이루고 바라보고 있구나

사람을 끌고 가는 달이여
사람을 끌고 가는 달이여

이렇게 자꾸 사람을 데려가서 무엇을 하겠다는 것이냐

밤새 달에게 끌려갔다 돌아온
인월 사람들 얼굴은 반쪽이다

저 소나무 끄트머리에

스윽

옆구리를 스치며 가는 반달

인월에 와서 살려면 누구나 다 반쪽 인생을 살다 갈 작정을
해야 한다

신발 베고 자는 사람

아직 짓고 있는 집이다

신축 공사 현장이다

점심 먹고 돌아온 인부들 제각각 흩어져 낮잠 잘 준비를 한
다

누구는 스티로폼을 깔고 누구는 합판을 깔고 누구는 맨바
닥에 누워

짧고 달콤한 잠의 세계로 빠져 들어갈 준비를 한다

신발 포개 베고 자는 사람은 신발 냄새를 맡는다

웃옷 둘둘 말아 베고 자는 사람은 웃옷 냄새를 맡는다

딱딱한 각목 동가리를 베고 자는 사람은

딱딱한 것에 대하여 생각한다

찌그러지든 말든

상관없는

신발 두 짝을 포개 베고 자는 사람은 생각한다

버려야 할 것과 새로 사야 할 것들 이제는 다 옛일이 되어버
린 것들을 생각한다

(사실은 아무 생각도 안 한다)

아직 문짝이 끼워지지 않은 집은 시원하다

시원하다는 것은 막히지 않았다는 거다

세상 모든 집은 완공되기 전에 인부들이 먼저 잠을 자본 집이다

고촌

매화가 피어서
남자는
차마 어쩌지를 못하고 흰 꽃나무 밑을 서성거렸겠다

밥을 짓고 나물을 무치고
고촌 여자는
둥근 접시 위에 붉은 매화 한 가지를 꺾어 올렸겠다

닦아서 반질반질한
청마루여

겸상을 하고 울던 그 옛날 어머니여 아버지여

흘러내린 산줄기 밑에
무덤 둘
아직도 살아서처럼 말이 없다 그냥 나란히 누워 저 먼 곳이
나 바라보고 있다

찔레 덤불 옆에 매어놓은 새끼 염소처럼 새카매져서 나는 고촌 높은 하늘을 올려다본다

어지럽다, 하늘도 오래 보면 어지럽다

중국집 밥그릇

어제도 나와 있고 오늘도
나와 있다
삐죽이
조중동 조중동
신문지로 말아 싼 밥그릇만 삐죽이
밥그릇 내놓는 손목만 삐죽이
밥그릇 내놓는 목덜미만 삐죽이
(맞아 두문불출
공부를 오래하면 그 인간한테서 짜장면 냄새가 난댔지
단무지 냄새가 난댔지)
허구한 날 중국집 음식만 시켜 먹는 사람의
하체가 곯고 어깨가 구부정한 사람의
현관문 앞에
조중동 조중동 신문지로 덮어놓은
밥그릇만
삐죽이

정직하다는 것은

낡은 반코트 밑에 두 개

주머니는 얌전히 입을 꼭 다물고 붙어 있습니다 검은 타이어는

악착같이 내 차체에 붙어 돌아다닙니다

정직하다는 것은 붙어 있다는 것입니다

칠암성당 지붕 위에는 하얀 예수가

정직한 석고가 되어 두 팔을 벌리고 올라가 있습니다

해가 떠도 안 쳐다보고 달이 떠도 안 쳐다봅니다

아침 여덟 시가 되면

노란 유치원 차들이 왔다 가고

측백나무 울타리는 오늘도 일렬횡대로 줄을 서 있습니다

어깨가 굽은 안병렬법률사무소 사무장은 또 무언가를 작성하고 있습니다

정직하다는 것은 주차선 안에

반듯하게

차를 집어넣는 것과 같습니다

점심 무렵 주거실태조사를 나온 일용직 아주머니에게 나는 정직하였습니다

궁유

저 외딴집 들 끝에
궁유가 있네
여자는 자꾸 무명에다 물을 들이고 남자는 그것을 안아다
빨랫줄에 너네
여자는 생글생글 웃는 여자
남자는 묵묵부답 말을 안 하는 남자
보리밭은 푸르고
개울 건너
산기슭 무덤가 꽃은 붉고
진종일 라디오 틀어놓고 물들이는 사람아
궁유야
엎드린 개가 졸음에 겨워 듣는 노래야
나는 익숙한 것이 좋단다
나는 서글픈 것이 좋단다
나는 자꾸자꾸 물들이는 것이 좋단다
이불을 물들이고 방석을 물들이고 옷감을 물들이고
담장 위에도 널고
무덤 위에도 널고 그래 그래 비석 위에도 널고

사람 아무도 안 오는 저 궁유 끝, 엄색장이네 집이 내 집이
란다

왼쪽 가슴 아래께에 온 꽃

왼쪽 가슴 아래께에 온 꽃을 꽂고
당신이 높은 단상 위에 올라가 앉았음으로
식이 시작되었다
(국기에 대한 경례/애국가 제창/내빈 소개)
쥐새끼처럼 생긴 사회자가
왼쪽 가슴 아래께에 단 꽃들을 하나씩 하나씩 소개할 때
우리는 박수를 쳤고, 우러러 봤고, 당신은 아랫배라 부르는
불룩한 고깃덩어리를 깍지 낀 손으로 추켜올리고 잠시 일어
서는 흉내를 냈다가 앉았다
도대체 누가 왜 이렇게
박수를 세게 치는지,
나는 늘 박수 치는 흉내만 낼 뿐이었음으로 기분이 영 언짢
았다

꽃아 꽃아 너는 왜 왼쪽 가슴 아래께로 갔니?

고개 돌려 창밖을 보면
대답처럼 빨갛게 피어 있는 장미꽃

담장아 담장아 너는 왜 그렇게 많은 꽃을 달고도 박수를 못 받니?

태어나 결혼할 때 말고는 단 한 번도 왼쪽 가슴 아래께에 꽃을 꽂아본 적이 없는 사람들이 건성건성 박수를 치고 있다

우리 모두 이렇게 조그맣게 박수를 치는데
박수 소리는 왜 항상
이렇게 커다란 거야?

산청의 봄

산청 응달에도 꽃이 피고 산청 무덤에도 꽃이 핀다 얼어붙었던 산청 개골창, 산기슭 한 뭉텅이가 풀썩 무너져 내린다 송장 마다하는 땅이 어딨누 송장 마다하는 땅이 어딨어, 봄이 오면 산청 언덕에 또 새 무덤이 생겨난다 무덤 없는 언덕은 볼품없는 언덕이다 무덤이 있어야 근사한 언덕이다

축사에서 흘러내린 물이 고이고 또 고인 저수지, 눈이 뻘건 잉어는 아직도 살아서 입을 뻐끔거린다 논둑에 쪼그리고 앉아 긴 담배 피우는 농부는 또다시 삽을 들고 빈 논에 물을 잡고 있다 물을 잡다니? 여자도 택시도 아니고 물을! 아직 울음이 익숙하지 못한 산청 개구리들 울음이 목구멍에 걸려, 울음이 목구멍에 걸려, 꾹꾹 첫울음을 울어보고 있다

사흘 동안

자꾸 사람들이 온다
무릎을 꿇고
죽은 우리 어머니한테 절을 한다

하나 같이 무표정이다
하나 같이 흰 봉투를 꺼낸다

부모가 죽으면 나는 잠시 부자가 된다
부자가 된 내가 절을 받고
절을 한다

부자가 되기 위해선 사흘 동안 검은 옷만을 입어야 한다
괜찮다 검은색은 내가 좋아하는 색이다

촛불을 꺼트려서는 안 된다
향불을 꺼트려서는 안 된다

영정 속 어머니의 얼굴을 자주 바라보아야 한다

반달

네가 묻는 모든 걸 나는 모른다
내가 묻는 모든 걸 너는 모른다

죽음의 문장으로 쓴 삶의 비망록

고봉준(문학평론가)

1.

유홍준은 '직접(直接)'의 시인이다. "직접은 무모하고/위험해/직접은 힘들고 고달픈 거야/간접은 편안하고 안락한 거야/직접 경험을 해보지 않은 사람들이 어떻게/시인이 되고 교사가 돼?"(『저녁의 슬하』, '시인의 말')라는 말에서 확인되듯이 그는 경험의 직접성에 기대어 시를 쓴다. 여기에서 '직접'은 경험의 직접성과 동일시되고 있지만, 몸과 감각에 밀착된 세계 경험이라는 점에서 경험주의 이상의 의미를 지닌다. 인간이 관념이나 선입견의 영향에서 완전히 벗어난 상태에서 사물이나 세계를 경험할 수 있느냐는 문제는 오래된 철학적 논쟁의 대상이지만, 상식에 길들여진 우리의 신체와 기성의 언어가 경험의 리얼리티를 동결시킴으로써 '경험'과 '언어' 사이에 간극과 분열을 초래한다는 것, 우리의 경험 자체를 특정한 방식으로 견인한다는 것은 부정할 수 없다. 언어에서 비유(比喩)가 그렇듯이, 인간에게는 '낯선 것'을 '익숙한 것'으로 환원하려는 습성이 존재한다. 이것을 뛰어넘기 위해 시인들은 종종 언어에 대항하여 싸우거나 언어 자체를 극한까지 밀어붙이고, 때로는 몸—언어를 발명하여 이성(理性)의 중계를 거치지 않는 표현방식을 창안하려고 노력했다. 물론 유홍준 시에서 '직접'은 이러한 실험의 산물이 아니라 '삶'에 충실한, '몸'의 자연스러운 반응에서 시적인 것을 이끌어내려는 태도의 결과이다. 하지만 다른 시인들과 달리 거칠고 투박한 언어, 불안정한 형태, 자학과 유머 사이에서 진동하는 자아 등은 그의 언어가 기성의 '시다운 것'이라는 관념이나 선입견에서 그만큼 자유롭다는 증거이다. 시집의 첫 페이지에서 시인은 '죽음'을 판돈으로 걸고 "낡아빠진 충고와 똑같은 질문은 싫어//있는 힘을 다해 나는 지평선을 밀어버린다"(「지평선」)라고 선언하고 있다. '낡아빠진 충고'와 '똑같은 질문'이라는 표현이 암시하듯이 여기에서 '지평선'은 세계의 끝, 혹은 한계를 가리키거니와, 시인은 온힘을 쏟아 그것을 밀어내려 한다. 유홍준에게 시 쓰기는 이 '지평선=한계'와의 싸움이다.

2.

이번 시집에서 시인의 '직접' 경험이 착목(着目)하고 있는 지점은 '죽음'이다. 고단한 삶—노동과 불행한 가족사의 세계를 지나 그의 시선은 '죽음'에 이르렀다. '상가(喪家)에 모인 구두들'이라는 첫 시집의 제목이 암시하듯이, '죽음'은 초기부터 그의 시세계의 주요 배경 가운데 하나였다. '상가(喪家)'가 죽음의 기호라면, '구두'는 삶의 기호이다. "젠장, 구두가 구두를/ 짓밟는 게 삶이다"(「상가(喪家)에 모인 구두들」)라는 진술처럼 유홍준의 시에서 '죽음'은 삶과 다른 세계이지만 분리되어 존재하지 않으며, '삶' 역시 죽음과는 구별되는 세계이지만 동떨어져 존재하지 않는다. 그리스인들에게 인생이 망각(레테, Lethe)과 기억(므네모시네, Mnemosyne)이 합쳐진 샘물이듯이, 유홍준에게 산다는 것은 삶과 죽음이 뒤섞여 만들어내는 자연의 무늬 같은 것이다. 시집의 입구에 배치된 '지평선'과의 대결 역시 "어디까지 가서 죽을래?"(「지평선」)라는 진술처럼 '죽음'을 전제한 것이라는 점에서 이번 시집은 '죽음'을 배경으로 한 삶의 노래라고 불러도 좋을 듯하다.

> 당신의 집은
>
> 무덤과 가깝습니까
>
> 요즘은 무슨 약을 먹고 계십니까
>
> 무덤에서 무덤으로

산책을 하고 있습니까

저도 웅크리면 무덤, 무덤이 됩니까

무덤 위에 올라가 망(望)을 보았습니까

제상(祭床) 위에 밥을 차려놓고

먹습니까

저는 글을 쓰면 비문(碑文)만 씁니다

저는 글을 읽으면 축문(祝文)만 읽습니다

짐승을 수도 없이 죽인 사람의 눈빛, 그 눈빛으로 읽습

니다

무덤 파헤치고 유골 수습하는 사람의 손길은 조심스럽

습니다

그는 잘 꿰맞추는 사람이지요

그는 살 없이,

내장 없이, 눈 없이

사람을 완성하는 사람이지요

그는 무덤 속 유골을 끄집어내어 맞추는 사람입니다

저는 그 사람이 맞추어놓은 유골

유골입니다

―「유골」 전문

이 시의 화자는 '유골'이다. 화자 '나=유골'은 "잘 꿰맞추는
사람"인 '그'가 "무덤 속 유골을 끄집어내어 맞"춘, 그리하여

"살 없이/내장 없이, 눈 없이" 완성한 존재이다. 알다시피 '무덤'과 '유골'은 죽음의 기호이다. 그러므로 이 시는 죽음 이후의 세계에게 흘러나오는 유골/유령의 음성이라고 읽어도 좋을 듯하다. 만일 '유골'에게 '삶'이 허락된다면, 그것은 죽음 이후의 삶일 수밖에 없다. 상식적인 층위에서 '삶'과 '죽음'은 대립한다. 살아있다는 것은 죽지 않았다는 것을 뜻하고, 죽었다는 것은 더 이상 살아있지 않다는 것을 의미한다. 그런데 죽음 이후의 삶에서 '죽음'과 '삶'은 구분되지 않는다. 아니, 죽음 이후의 삶은 '죽음'과 '삶'에 동시에 속한다. 왜냐하면 죽음 이후의 삶은 이미 '죽음'을 지나온 삶이기 때문에, 죽음 속에 놓여 있는 삶이기 때문이다. 그것은 죽었다고 단정할 수도 없지만, 그렇다고 살아있다고 말할 수도 없는 모호한 상태이다. 어떻게 '삶'과 '죽음'이 공존하고, 하나의 존재가 대립되는 두 세계에 동시에 포함될 수 있을까? '유골'이 말을 하는 일은 어떻게 가능할까? 인간의 죽음에는 두 종류가 있다. 즉 인간은 두 가지 방식으로 죽는다. 하나는 생물학적인 죽음이고, 다른 하나는 상징적인 죽음이다. 이들 두 죽음이 동시에 행해지지 않을 때, 가령 상징적으로는 죽었으나 생물학적으로는 여전히 살아있을 때 인간은 죽음 이후의 삶을 살게 된다. 이 시에서 '유골'은 바로 이러한 '산―주검'을 가리키는 기호이다.

이 시에는 '유골'의 기원에 대한 설명이 없다. 우리는 왜 시인이 '유골'의 목소리를 갖게 되었는지, 어떤 이유에서 죽음

이후의 삶을 살게 되었는지 알 수 없다. 다만 어떠한 상처와 결핍이 그의 삶에 회복할 수 없는 균열을 만들었다는 것, 그리하여 화자가 죽음 같은 시간을 살고 있다는 사실은 추측할 수 있다. 죽음 같은 시간이란 어떤 상태일까? 자신을 혈거(穴居)에서 "혼자 사는 사람"(「혈거(穴居)의 밤」), "오래 쓴맛을 본 사람"(「눈빛」), "가슴속 덩어리가 있는 사람"(「석등」), 창문 앞에 앉아서 "외톨이가 된 까닭을 생각"(「대나무 꼭대기에 앉은 새」)하는 사람 등으로 표현하는 존재들의 고독한 삶이 그런 상태가 아닐까? '유골'은 자신의 몇 가지 행동에 대해 진술한다. "저는 글을 쓰면 비문(碑文)만 씁니다/저는 글을 읽으면 축문(祝文)만 읽습니다/짐승을 수도 없이 죽인 사람의 눈빛, 그 눈빛으로 읽습니다" 같은 진술이 대표적이다. '유골'은 쓰기—읽기를 멈추지 않지만, 그가 쓰는 글은 모두 '비문(碑文)'이 되고 그가 읽는 글은 모두 '축문(祝文)'이 된다. 이 역시 그가 죽음을 지나왔기 때문에, 죽음의 세계에 거주하고 있기 때문에 생기는 일일 것이다. 죽음 이후의 삶을 산다는 이 시의 모티프는 다른 시편들과 상호 텍스트적 관계를 형성하고 있다. 가령 이 시에서의 "무덤 위에 올라가 망(望)을" 보는 행위는 「무덤」에서 "무덤 위에 올라가 사람의 마을을 내려다보는 무덤이 있다"라는 진술과 연결되며, "짐승을 수도 없이 죽인 사람의 눈빛"으로 축문을 읽는 행위는 "오늘도 나는 무서운 눈빛을 하고/저 산 밑에까지 갔다가 온다"(「눈빛」)라는 진술과 중첩된다. 또

한 '비문(碑文)'과 '축문(祝文)'을 쓰고 읽는 행위는 "저것은 죽음의 글씨/저것은 죽음의 문장"(「판서(板書)」)라는 인식과 일맥상통한다. 「무덤」에서 화자는 자신을 "무덤 위에 올라가 사람의 마을을 내려다보는 무덤", "살아서 이미 유령인 나는 무덤 위에 올라가 인간의 마을을 내려다보는 습관이 있다"라는 진술에서 확인되듯이 '무덤'과 '유령'이라고 명명한다. 이처럼 유홍준의 시에서 '유골', '무덤', '유령'은 죽음 이후의 삶, 혹은 "살아서 이미 유령"인 상태의 삶을 가리키는 동일한 기호들이다.

유홍준의 이번 시집에서 '죽음'은 시집 전체를 관통하는 지배적인 사건이다. 그 죽음들 가운데에는 시인의 '손'이 닿은 후 "허옇게 배를 까뒤집고 부패"(「손」)하는 '물고기', "뻣뻣하게 굳"(「미력」)은 상태로 발견되는 '잠자리', 도살되어 토막으로 분리된 '소'(「토막 난 나는, 돌아다닌다」)처럼 동물의 '죽음'도 있지만, 대부분은 가족, 그리고 '무덤'으로 상징되는 인간의 죽음이다. 가령 「벌레의 눈」에서 화자는 죽음의 공간인 '무덤'엘 가고, 고령 소재 대가야 고분군을 배경으로 한 「고령—지산동」에서는 '너'라는 익명의 인물을 "무덤을 한 바퀴 휘 돌고 온 사람"과 "무덤 속 수의를 꺼내 입고 온 사람"이라고 호명하고 있으며, 「고촌(高村)」에서는 "흘러내린 산줄기 밑에/무덤 둘/아직도 살아서처럼 말이 없다 그냥 나란히 누워 저 먼 곳이나 바라보고 있다"처럼 '무덤'을 중심으로 마을 풍경을 그린다. 그런데 '죽음'을 대면하는 시인의 태도에는 한 가지 특이한 점이 있다. 가령 「물밥」을 보자. 이 시에서 시인은 '제사=죽음'을 의미하는 "한 사발 물밥"을 "기일이 되면 우리 집 대문간에 또 하얀 밥알매화꽃이 핀다"라는 진술처럼 '꽃=신생(新生)'의 이미지와 연결한다. 또한 「哭의 리듬」에서 시인은 죽음을 두려워하거나 슬퍼하기는커녕 "우리나라 사람들의 몸속에 저장되어 있는 그 哭의 리듬이 좋다//밥도 장례식장에서 먹는 밥은/맛이 다르다"처럼 긍정적인 삶의 공간으로 인식한다. '죽음'에 대한 이런 태도는 「산청의 봄」에서 정점에 도달한다. 거기에서 화자는 "무덤 없는 언덕은 볼품없는 언덕이다 무덤이 있어야 근사한 언덕이다"처럼 '죽음=무덤'을 봄 풍경의 필수요소로 간주한다. '죽음'에 긍정적 의미를 부여하는 이러한 태도는 시집 전편에 걸쳐 반복적으로 목격된다. 「하얀 면장갑」에서 시인은 "주검을 옮긴 면장갑"의 백색 이미지를 생애의 끝("진주시립화장장에서 나도/하얀 것이 될 때까지")을 환기하는 이미지로 전유한다. 여기에서 시인은 "하얀 것에 대해서 나는 설명할 수가 없다 그냥 간직할 뿐이다 그냥 들여다볼 뿐이다"라고 진술하고 있는데, 이는 시를 쓴다는 것, 혹은 살아가는 것이 '설명'할 수 있는 것이 아니라는 믿음과 관계된다.

한편 「내 옛집 지붕은 화관을 쓰고」에서 '죽음'은 "내 옛집 지붕에 이제 나만 올라갈 수 없네"라는 진술처럼 분리된 세계로 간주된다. 시인은 이전의 시집들에서 불행한 가족사에 대해 자주 진술했다. 그 이야기들 속에서 '아버지'는 "술 취해 돌아와 어머니랑 싸우"(「아교」)고, "중풍을 앓"(「도화동 공터」)고, "쇠스랑을 들고 어머니를 쫓아"(「그리운 쇠스랑」)가는 등 폭력적이고 무능력한 가장으로 등장했고, '형'은 "어려서 죽은"(「이장(移葬)」) 것으로 제시되었다. 그리고 "자꾸 사람들이 온다/무릎을 꿇고/죽은 우리 어머니한테 절을 한다"(「사흘 동안」)라는 진술에서 알 수 있듯이 이제는 어머니마저 사망했으니, "죽은 아버지와 어머니와 형 잠시 내려와 머물다 가"(「내 옛집 지붕은 화관을 쓰고」)는 옛집 지붕이란 시인을 제외한 가족의 세계, 즉 결코 회복할 수 없는 원초적 세계의 기호일 것이다. 존재의 배후인 가족의 세계와 근본적으로 분리되었다는 느낌, 그것은 현재적 삶이 근본적 상실의 시간이라는 결핍의 감각으로 낳는다.

      진주시 망결동
      섭천에 들어와 산 지 삼 년 되었어요

      섭천은 형평(衡平), 형평(衡平), 백정들이 살던 마을이에
  요 소를 잡던 사람들이
      소를 잡던 손을 씻고
      피를 씻고

쌀을 씻고

꽃을 심고 살던 마을이에요

오려고 온 게 아니에요 내가 사는 아파트는 진주에서 가
장 싼 아파트, 동신아파트가 아니라

등신아파트죠

길을 잃은 소는 밤이 되면 무서워, 무덤으로 간대요

길 잃은 소가 무덤을 찾듯이

나도 이곳엘 찾아왔어요

소를 잡던 이 마을에서 나는 온갖 두려움으로 눈망울을
디룽거리며 되새김질 되새김질

끊임없이

천엽이 생겼어요 당신에게도 가고 싶은 내 무릎뼈는 우
슬이에요

자귀나무에 매어놓은 소는 묶인 자리에서 얼마나 뱅글
뱅글 돌고 또 돌았던지 자귀나무는 형편없이 망가진 나무
가 되었어요

울고 싶어

울고 싶어

진짜로 소가 되어 울고 싶어 중고 트럼펫 하나를 샀죠

울고 싶다와 불고 싶다는 동의어,

그래서 울고불고라는 말이 생겨났죠

그러나 이 아파트 무덤에서는 울고불고가 안 돼요 울고

불고 트럼펫을 불 수가 없어요

무덤의 소가 밤을 견디듯

우명(牛鳴)이라는 트럼펫을 앞에 놓고 나는 견디고 있죠

내가 만약 한밤중 망진산 꼭대기에 올라가 트럼펫을

불면

우명(牛鳴) 우명(牛鳴)

희한하다

어디서 저렇게 구슬픈 소가 우나, 사람들은 의아해하겠

죠

섭천에 들어와 산 지 삼 년, 기려섭천(騎驢涉川), 기려섭

천(騎驢涉川), 내가 소가 되어 건너야 할 강은 어디 있나요

내가 소가 되어 헤엄쳐야 할 삼도천은 어디 있나요

진국을 고아 드릴까요 당신

화탕지옥 화탕지옥

벌써 삼 년째 나는 내 뼈를 우려내고 있어요

잘못했어요

잘못했어요

오늘밤도 소가 되어 웅크리면

여기는 피눈물 철철 흐르는 무덤

불 수 없는 트럼펫을 내려다보며 섭천의 소가 울고 있어

요 웃고 있어요

아직도 나를 더 때리고 싶다면 때려 주세요

—「우명(牛鳴)」 전문

　이 시집의 주조(主潮)가 '죽음'이라면, 그 죽음의 중심에는

「우명(牛鳴)」이 있다. 화자는 '섭천'에 위치한 아파트에 거주

하고 있다. '섭천'은 어떤 곳인가? 그곳은 과거에 "형평(衡平),

백정들이 살던 마을", "소를 잡던 사람들이/소를 잡던 손을

씻고/피를 씻고/쌀을 씻고/꽃을 심고 살던 마을"이다. 인간과

소가, 백정의 삶과 소의 죽음이 공존하던 곳이 바로 '섭천'이

다. 또한 죽음이 삶을 떠받치고 있는 곳이다. 그렇다면 지금 시인에게 '동신아파트'로 표상되는 현재의 '섭천'은 삶과 죽음 가운데 어느 쪽일까? 시인은 삶과 죽음이 중첩된 그 공간에 과거와 현재의 중첩이라는 새로운 시간성을 부여하고 있다. 사람들에게는 오직 '공간성'으로만 인식되는 그곳에 시인은 '시간성'의 의미를 추가한다. 즉 사람들에게는 삶과 죽음의 공존이 과거사에 속하지만 시인에게는 그 공존이 현재의 사건으로 경험되는 것이다. '공간'의 '시간'으로의 변화, 시인은 새로운 해석을 통해 과거에 속한 '소'를 현재로 불러들이고, 궁극적으로는 '소'와 자신의 운명을 일체화한다. 요컨대 시인에게 '섭천'은 백정의 마을, 즉 삶의 공간보다는 소의 마을, 즉 죽음의 공간에 가까운 세계이다. '공간'에 시간성을 부여하는 해석을 통해 "길을 잃은 소가 밤이 되면 무서워, 무덤으로 간대요"라는 진술이 가능하다면, 소와 자신의 동일시를 통해서는 "길 잃은 소가 무덤을 찾듯이/나도 이곳엘 찾아왔어요"라는 진술이 성립한다. 소와 화자, 그들에게 '섭천'은 자발적으로 선택한 곳이 아니며, 그들은 죽음의 세계에 거주하는 생명이라는 점에서 동일한 운명이 된다. 그리고 이러한 동일시는 화자의 정동(affect), 즉 '소-되기'를 통해 구체적으로 형상화된다. 화자는 '천엽'이 생기고, 무릎뼈가 '우슬'이 되고, "소가 되어 울고 싶어" 하는 마음을 갖는다.

그러나 화자의 '소-되기'는 '울음'을 경유하면서 "중고 트럼펫"을 구입하는 것으로 바뀐다. '울고불고'라는 단어에 근거해 '울고=불고'라는 새로운 문법을 만들어낸 것이다. 하지만 현실의 섭천은 백정들과 소가 공존하는 곳이 아니라 익명의 개인들이 밀집해서 살고 있는 '동신아파트'이므로 여기에서는 트럼펫을 불 수 없다. 이곳에서 화자에게 허락되는 것은 "우명(牛鳴)이라는 트럼펫을 앞에 놓고" 견디는 일뿐이다. 화자는 "무덤의 소가 밤을 견디"는 심정으로 '섭천=동신아파트'에서의 삶을 견딘다. 이제 '섭천'은 '견딤'의 공간으로 인식되고, 그곳에서 화자는 기려섭천(騎驢涉川), 즉 나귀를 타고 어딘가로 건너가려 한다. "내가 소가 되어 건너야 할 강은 어디 있나요 내가 소가 되어 헤엄쳐야 할 삼도천은 어디 있나요" 화자는 어디로 가려는 것일까? '섭천'이 삶과 죽음이 혼재된 공간이고 '삼도천'이 이승과 저승의 경계선에 위치한 강이니 그곳이 '죽음' 저편의 세계라고 읽을 수도 있을 듯하다. 그 죽음 저편으로 건너가기 위해 화자는 지금, 그러니까 삼 년째 "화탕지옥 화탕지옥"에 빠진 심정으로 섭천의 삶을 견디고 있는 것이다. 시인은 그런 자신의 현존을 "불 수 없는 트럼펫을 내려다보며 섭천의 소가 울고 있어요 웃고 있어요"라고 쓰고 있다.

3.

유홍준의 시집들에는 중요한 공통점이 있다. 시인의 생활

세계와 작품에 등장하는 공간이 정확히 일치한다는 점이다. 그는 사변적으로 세계를 구성/실험하지 않고 자신이 생활하는 장소에 착근(着根)하여 시를 쓰는 '직접'의 시인이다. 거주하기와 시 쓰기의 평행 관계, 이것은 시세계의 변화와 시적 공간의 변화가 나란하게 진행된다는 의미이기도 하다. 이런 특징은 이 시집에서도 동일하게 발견된다. 전작(前作)들이 도시, 특히 소도시를 배경으로 생활의 고단함과 세계와의 불화를 노래했다면, 이번 시집은 천령(天嶺), 산청(山淸), 고령, 궁유처럼 도시에서 조금 떨어진 세계, 특히 시인의 고향인 산청(山淸)을 주요 공간으로 제시하고 있다. 우리의 경험이 증언하듯이 공간이 바뀐다는 것은 곧 생활 세계가 변화된다는 것을, 나아가 생활 방식이 바뀐다는 것을 뜻한다. 물론 "내 고향 흙은 마사토, 아무리 뭉쳐도 뭉쳐지지가 않는다//일평생 뭉쳐도/내 마음은/도대체 뭉쳐지지를 않는다"(「모란」)라는 진술처럼 시인에게 '고향'이 항상 긍정적 세계인 것은 아니지만 삶/시에서 공간의 변화와 함께 분위기의 변화가 감지되는 것은 주목할 대목이다.

 당나귀가 있어 산청에

 당나귀 타고 슬슬 산청 언덕이나 돌아다녀 봤으면

 당나귀는 귀가 쫑긋해

 당나귀는 걸음이 예뻐

살 게 없는데도 살 게 있는 것처럼

볼 일이 없는데도 볼 일이 있는 것처럼

면사무소도 가고 농협에도 가고 만물상회에도 들러

깡소주 놓고 새우깡 놓고 술 마시는 사람들 구경이나 했

으면

농자금 신청하는 사람들이나 바라봤으면

벼랑에 새겨진 각자(刻字) 보러 갔으면

금서에도 가고 생초에도 가고

당나귀가 있어

고사리 피는 산청에

성황당 지나 우물 지나 버드나무 늘어진 산청에

환아(換鵝)야 환아(換鵝)야 거위 줄게 글씨 한 장 써 다

오

왕희지처럼 생긴 노인 앞에 지필묵이나 내려놓았으면

—「산청—당나귀」 전문

　한때 시인은 자신을 '소음 중독자'라고 명명했다. "도시로
나와 이십여년, 소음굴 속에서만 살았다/소음 중독자가 되었
다"(「소음은, 나의 노래」) 도시의 삶에 대한 양가적 감정과 일
상의 비루함이 중첩되는 지점에서 발화되는 세계와의 불화는
이번 시집에서 상당히 약화되었다. 심지어 진주(晉州)가 공간
적 배경인 「우명(牛鳴)」 등을 제외하면 '죽음'에 대해서도 이전

과 다른 태도를 보여주고 있다. 예컨대 이번 시집에서 '죽음'은 세 번째 시집에서의 "문을 열면 곧바로/죽음의 역한 냄새가 쳐들어온다"(「도축장 옆 아침」)나 두 번째 시집에서의 "주검을 다는 저울 위에 올라가 보고서야 겨우/제 몸뚱어리 무게를 아는 백열 근짜리/사지 덜렁거리는 인육"(「저울의 귀환」)처럼 그로테스크한 이미지로 표현되지 않는다. 이러한 변화의 이면에 공간의 변화, 그로 인한 생활의 변화가 놓여 있는 것은 아닐까?

인용 시에서 화자는 당나귀를 타고 고향인 산청(山淸)을 돌아다니는 꿈을 꾼다. 당나귀의 속도로 곳곳을 주유(周遊)한다는 것, 특히 행위자가 아닌 관찰자로 머물고자 하는 시인의 태도는 이전의 시편들에서는 좀처럼 볼 수 없었던 것이다. 단적으로, 여기에는 삶의 고단함이나 생활의 비루함에서 오는 피곤함이 없다. 물론 화자의 진술이 '~봤으면'이라는 원망(願望)의 형식을 취하고 있으니 그의 현존을 그것과 정반대 상황, 그러니까 아주 분주한 상태로 가정할 수도 있을 것이다. 하지만 여기에서 그런 해석의 근거를 찾기는 쉽지 않다. 비록 가정(假定)에 불과하지만 이 시에서 화자의 태도는 무위(無爲), 즉 노동은 물론 생활세계에서도 동떨어진 것이다. "살 게 없는데도 살 게 있는 것처럼/볼 일이 없는데도 볼 일이 있는 것처럼"이라는 진술처럼 그의 행동은 일종의 연기(演技)이며, 유일한 행동이라고 해야 대상—세계로부터 한 걸음 떨어진 곳에서의 관찰이 전부이다. 그는 술을 마시는 대신 "깡소주 놓고 새우깡 놓고 술 마시는 사람들 구경"하기를 원하고, 농자금을 신청하는 것이 아니라 "농자금 신청하는 사람들이나 바라"보기 위해 관공서를 찾으려 한다. 이러한 관찰에의 의지, 생활세계에서 약간 떨어진 곳에서 세상을 바라보려는 태도는 산청(山淸)이 공간적 배경인 다른 작품, 가령 "눈이 뻘건 잉어는 아직도 살아서 입을 뻐끔거린다 논둑에 쪼그리고 앉아 긴 담배 피우는 농부는 또다시 삽을 들고 빈 논에 물을 잡고 있다"(「산청의 봄」)에서도 동일하게 목격된다. 그것만이 아니다. 공간의 변화에 따른 시적 분위기의 변화는 「인월(引月)」, 「고촌」, 「조무래기 박새 떼」, 「옥천사 흰 눈」처럼 지명을 내세운 대부분의 작품들에서 공통적으로 나타난다.

　　개오동나무 꽃이 피어 있었다

　　죽기 살기로 꽃을 피워도 아무도 봐주지 않는 꽃이 피어 있었다

　　천령 고개 아래 노인은 그 나무 아래 누런 소를 매어놓고 있었다

　　일평생 매여 있는 사람이 살고 있었다

　　안 태어나도 될 걸 태어난 사람이 살고 있었다

　　육손이가 살고 있었다

　　언청이가 살고 있었다

그 고개 밑에 불구를 자식으로 둔 에미 애비가 살고 있

었다

그 자식한테 두들겨 맞으며 사는 사람이 살고 있었다

아무도 봐주지 않는 개오동나무 꽃이

그 고개 아래

안 피어도 될 걸 피어 있었다

—「천령」 전문

　유홍준의 이번 시집에서 가장 흥미로운 공간은 천령(天嶺)
이라는 곳이다. 천령(天嶺)은 경남 함양군의 옛 지명이고, 시
인의 고향인 산청(山淸)과 연결되는 지역이다. "천령 외딴집
나무기둥에 박아놓은/못 끝,"(「그라묵손」)과 "천령 고개 밑에
는 얼마나 손을 씻고/얼마나 손을 털었던지/한쪽 팔이 사라
진 사람이 있다"(「외팔이」)라는 진술처럼 유홍준의 이번 시집
에는 '천령'을 배경으로 한 작품이 몇 편 수록되어 있다. 과거
백석과 이용악의 시가 그러했듯이 '천령' 시편들에서 시인은
주변적 삶의 곤궁함과 소외감을 한 가족의 이야기를 중심으
로 펼쳐 보인다. 팔을 잃은 개인의 비극을 두고 "종달새야 종
달새야 저 외팔이는 어떻게 손톱을 깎니?"라고 반(半)농담조
의 질문을 던지는 「외팔이」가 '천령'에 대한 유머러스한 시선
이라면, 주변적 삶의 소외 문제를 "안 태어나도 될 걸 태어난
사람이 살고 있었다"라고 냉혹하게 이야기하는 「천령」은 '천

령'에 대한 비극적 시선이라고 말해야 할 것이다. 시인은 "이
제는 생산조차 금지된 농약 이름 적힌 흰 모자"(「그라목손」)라
는 사물을 등장시켜 '천령 외딴집'이 세상과 동떨어진 곳, 세
상의 시간과는 다른 시간이 흐르는 곳임을 암시한다. 시인은
그곳에서 외딴 공간에, 그리고 서로가 서로에게 "일평생 매
여"서 살고 있는 한 가족의 슬픈 연대기를 '꽃'에 비유해 표현
한다. 이 비유 속에서 그들 가족은 "죽기 살기로 꽃을 피워도
아무도 봐주지 않는 꽃"으로, "안 태어나도 될 걸 태어난 사
람"으로 간주된다. 존재감의 결여, 세상의 중심에서 떨어져
살아가는 이들 가족의 삶은 "불구를 자식으로 둔 에미 애비가
살고 있었다/그 자식한테 두들겨 맞으며 사는 사람이 살고 있
었다"라는 진술처럼 한없이 슬프다. 이러한 부정성이 '꽃'이라
는 생명의 상징과 결합될 때, 심지어 그것이 "아무도 봐주지
않는 꽃"이고 "안 피어도 될 걸 피어 있"는 것일 때, 이 삶의 비
극성은 한층 고조되기 마련이다.

4.

한때 시인은 '깨다'의 주체였다. "돌을 주면/돌을//깼다//쇠
를 주면 쇠를 깼다//울면서 깼다 울면서 깼다 소리치면서 깼
다"(「차력사」) 무언가를 깬다는 것, 그것도 울고 소리치면서 깬
다는 것은 그의 '차력'이 갈등이나 불화의 행위임을 의미한다.

가족, 세상, 사랑, 사람 등 불화는 시인이 습득한 유일한 관계의 방식이었으니, 이 부정적 관계는 대상과 시인의 내면 모두에 지울 수 없는 상처를 남겼다. 하지만 이러한 갈등과 불화의 장면들은 이번 시집에서 확연히 줄었다. 대신 그 자리를 일상에 대한 성찰, 한 걸음 물러선 자리에서 대상을 응시하는 시선의 여유가 채우고 있다. 시적 공간의 변화로 가시화되는 이러한 변화의 흔적은 시인의 시세계가 지금까지와는 다른 방향을 향해 나아가고 있다는 증거이다. 이 변화의 방향을 예단할 수는 없지만 그것이 삶에 반(反)하는 방향으로 나아가지 않을 것임은, 또한 세계와 대상에 대해 사변적 이해가 도달하지 못하는 지점에서 그것들의 새로운 모습을 발견해낼 것임은 분명하다. 시인은 오늘도 시적 대상 앞에서 그 낯선 세계의 입구를 찾고 있다.

생각이 많을 때마다 나는
운동화를 빠네

낙엽을 밟고 오물을 밟고 바닥 밑의 바닥을 밟고 다닌
기억들아

깨끗이 빨아놓은 운동화 뒤꿈치에는 물이 고이네
생각의 뒤꿈치에는 늘

물이 고여 있네

나는 지금 맨발, 발가락 끝에 슬리퍼 걸치고
축담에 앉아
하얀 운동화나 바라보네

운동화는 고요하고
운동화는 단정하고
많은 말들을 감추고 있네

신발을 씻었는데 손이 왜
깨끗해졌는지,

할 말이 없는데, 할 말이 무엇인지
다 잃어버렸는데
내 생각의 뒤꿈치에는 자꾸만 물이 고이네

생각의 뒤꿈치에 고인 물이 다 말라야 운동화는 제대로
마른 거라네

—「창틀 밑 하얀 운동화」 전문

이 도서의 국립중앙도서관 출판시도서목록(CIP)은 서지정보유통지원시스템 홈페이지
(http://seoji.nl.go.kr)와 국가자료공동목록시스템(http://www.nl.go.kr/kolisnet)에서
이용하실 수 있습니다.(CIP제어번호: CIP2020017901)

시인동네 시인선 127

너의 이름을 모른다는 건 축복

ⓒ 유홍준

초판 1쇄 발행   2020년 5월 15일

초판 2쇄 발행   2021년 6월 29일

지은이   유홍준

펴낸이   고영

책임편집   이리영

디자인   헤이존

펴낸곳   문학의전당

출판등록   제448-251002012000043호

주소   충북 단양군 적성면 도곡파랑로 178

전화   043-421-1977

전자우편   sbpoem@naver.com

ISBN   979-11-5896-465-8   03810

＊이 책의 판권은 지은이와 문학의전당에 있습니다.

＊양측의 서면 동의 없는 무단 전재 및 복제를 금합니다.

＊잘못 만들어진 책은 바꿔드립니다.

＊이 시집은 '2017년 서울문화재단 창작집 발간지원사업'의
　지원을 받아 제작되었습니다.

＊이 시집은 2021년 세종도서 상반기 교양 부문에 선정되었습니다.